꼬랭이 나와라, 뚝딱!

꼬랭이 나와라, 뚝딱!

초판 1쇄 발행 2022년 2월 8일
초판 3쇄 발행 2023년 12월 14일

지은이 이숙양 권현희 김미숙 장선주 남미훈
그린이 박옥기
펴낸이 정봉선
디자인 모수진

펴낸곳 정인출판사
주소 경기도 하남시 조정대로45 미사센텀비즈 8층 F827호
전화 031)795-1335
팩스 02)925-1334
홈페이지 www.pijbook.com
이메일 junginbook@naver.com
등록 제2021-000092호

ISBN 979-11-88239-99-3 (03810)
가격 10,000원

꼬랭이 나와라, 뚝딱!

글 | 이숙양 권현희 김미숙 장선주 남미훈

그림 | 박옥기

정인출판사

어린이 친구들에게

도깨비를 만나 본 적이 있나요?

어린이 친구들은 텔레비전이나 영화에서 도깨비를 많이

보았을 거예요.

거기서 본 도깨비들은 어떻게 생겼던가요?

대부분 뿔이 나고 방망이를 들고 있지요?

이 책에는 도깨비를 만나 벌어지는 이야기를 모았어요.

도깨비는 온몸에 털이 북슬북슬하고,

도깨비가 나타나면 누린내가 진동하고,

웃는 소리도 이상해요.

키는 위로 보면 커지고 아래로 보면 작아지기도 해요.

이 책을 읽다 보면
텔레비전과 영화에서 보는 모습과는 사뭇 다른
도깨비의 개성 넘치는 모습을 만날 수 있을 거예요.

요즘 우리는 도깨비를 만나기가 쉽지 않아요.
하지만 옛날 옛날에 우리 할머니 할아버지들은
도깨비를 만났대요.
도깨비를 만나 씨름도 하고, 방망이도 얻고,
금덩이도 얻었대요.
욕심쟁이는 도깨비한테 혼이 나기도 했어요.

할머니 할아버지들이 들려준 도깨비 이야기를
어린이 친구들이 재미있게 읽을 수 있도록 다시 썼어요.

어린이 친구들,
도깨비 이야기는 혼자 읽을 때도 소리 내서 읽어야 재미있어요.
소리 내서 친구들에게도 읽어 주고,
부모님께도 읽어 줘 보세요.
우락부락하지만 장난기도 많고 어리숙한 도깨비를
만나게 될 거예요.

어린이 친구들도

이야기 속에서 도깨비를 만나 재미있게 놀아 보세요.

2022년 1월

이숙양, 권현희, 김미숙, 장선주, 남미훈

차례

이숙양

권현희

도깨비 복 타고났다고?

이숙양

옛날에 시어머니하고 며느리가 살았어요.

어느 날 밤, 며느리는 명을 잣고
시어머니는 물레를 놓고 일을 했어요.

　물레야 물레야
　어서 뱅뱅 돌아라
　논도 사고 밭도 사고
　부지런히 살아 보자

시어머니가 물레를 자꾸 돌리다 보니
실이 팽팽해져서 못 쓰게 되었어요.
또 물레를 덜 돌리면
실이 툭툭 끊어져서 못 쓰게 되었어요.

시어머니는 물레에다 가락을 끼워서
실을 뽑고 또 뽑고

물레질하면서 밤늦도록 앉아 있었어요.

며느리와 시어머니는
졸리기도 하고, 춥기도 하고, 배도 고팠어요.
시어머니는,
돌리던 물레를 놓고 혼잣말을 했어요.
  "아이고, 김이 물씬물씬 나는
    시루떡이나 한 조각 먹었으면 좋겠다!"

시어머니의 말이 떨어지기 바쁘게
마루에서 쿵! 하는 소리가 났어요.
며느리가 방문을 열어보니,
김이 물씬물씬 나는 시루떡 한 시루가
놓여 있었어요.

시어머니와 며느리는
'이게 웬 떡이냐?' 하며 시루떡을 맛있게 먹었어요.

그 뒤로도, 시어머니는 또 뭐 먹고 싶은 것이 있으면
혼자 말처럼 중얼거렸어요.

도깨비는 금방 알고 아무 기척도 없이
가져다 놓고, 놓고 했어요.
어느때는 도깨비가 수수부꾸미 한 쟁반을
놓고 가기도 하고,

어느 때는 물고기나 게를 잡아다 놓고 가기도
했어요.

그러던 어느 날,
옆집의 욕심 많은 사람이 이런 것을 알고
밤마다 이것저것 먹고 싶다고 소리쳤어요.
그런데 도깨비들은 들은 척도 안 하네요.

도깨비 복은 아무나 받나요?
도깨비 복은 타고나야지요.

이숙양

도깨비 터에서 살아 보라고

이숙양

어떤 사람이 산속에서 움막집을 짓고 살다가
쌀 세 가마니를 주고 번듯한 초가집으로 이사 갔어.

그러던 어느 날 밤
누군가 산에서 쿵! 쿵! 뛰어 내려와
부엌으로 들어갔어.
솥뚜껑이 들썩거리더니 그릇이 덜거덕거리면서
뒤집어졌어.
또 키에 자갈을 담아 착착 까부르다가 절구통에
부어서 찧는 거야.
　"쿵, 짝! 쿵, 짝!"

마당에서는 개가 흐르릉거리며 방문으로
뛰어 올라와 발로 긁으면서 아래로 툭 떨어져.

외양간에서는 송아지도 훅훅 콧김을 내뿜으면서
네 발로 쿠당탕 뛰고 난리를 쳐.
　"이거 틀림없이 도깨비짓이로구나!"

집주인은 꺼진 호롱불에 불을 붙이니
도깨비가 금방 콧바람으로 훅 꺼 버려.
도깨비는 이쪽저쪽 방문도 쾅! 쾅! 닫고
난리를 피워 대.

집주인은 윗방에 가서 도끼를 들고 왔어.
'문턱마다 세 번씩 도끼질하면 도깨비가
물러가겠지!'

집주인은 뒷문 문턱부터 도끼로 쾅! 쾅! 쾅!
세 번씩 찍고 호통을 쳤어.

"천금 같은 쌀을 주고
내가 내가 집 샀더니

사람이 사는 집이냐!
도깨비가 사는 집이냐!

어서어서 물러가거라!
물러가지 않으면

무쇠솥에 펄펄 끓여
한강 물에 던질 테다!"

사랑방에도 윗방에도 쾅! 쾅! 쾅!
부엌이고, 외양간이고, 변소 간에도 쾅! 쾅! 쾅!

문턱마다 세 번씩 찍어 댔더니
그때부터 도깨비가 조용해졌어.

이제는 도깨비의 그림자도 볼 수 없게 되었지.
그래서 집주인은 별일 없이 평안하게 잘 살았다지.

도깨비랑 친해지면

이숙양

옛날에 가난한 부부가 살았어요.
하루는 아내가 메밀묵을 한 동이 쑤어 남편에게
주었어요.
　"여보, 저기 부잣집 사람은 도깨비랑
　　친하답니다."
　"그러면 우리도 도깨비랑 친해지자는
　　말이요?"

그날 밤 남편은 도깨비들이 논다는 언덕으로
올라가서 소리쳤어요.
　"도깨비야! 도깨비야!"

도깨비들이 뛰어나와 남편이 가져온 메밀묵을
맛있게 먹었어요.
　"이렇게 찰진 메밀묵은 생전 처음 먹어보네."
　"그럼, 내일 밤에 또 쑤어오지."

다음 날에도
아내는 메밀묵을 한 동이 쑤어 주었어요.
밤이 되자 남편은 메밀묵을 가지고 언덕으로
올라가서 또 소리쳤어요.
　"도깨비야! 도깨비야!"

기다리고 있던 도깨비들이 뛰어나와 메밀묵을
맛있게 먹었어요.
대장 도깨비가 벌떡 일어나서 외쳤어요.
　"이렇게 찰진 메밀묵을 얻어먹었으니,
　　내일은 당신 아버지의 백골을 가져오면
　　좋은 자리에 무덤을 써 주겠소."

다음 날, 남편은 아내가 쑤어 준 메밀묵과
아버지의 백골을 가지고 언덕으로 올라갔어요.

도깨비들은 또다시 뛰어나와 메밀묵을 다 먹고
나더니, 뚝딱뚝딱 상여를 꾸며 아버지의 백골을
실었어요.

도깨비들은 줄줄이 상여를 떠메고는
상여의 소리를 내면서 길을 떠났어요.
  "간다간다 나는 간다
    오행오행 오행오행"

도깨비들은 오행, 한 마디를 하면 십 리를
휙 가고, 오행오행오행, 세 마디를 하면 삼십 리를
휙휙휙 가버렸어요.

남편은 따라갈 수 없어서 상여를 놓치고 말았어요.
'이제 아버지의 백골을 잃어버렸구나.'

남편이 집에 돌아와 한숨을 쉬고 있는데,
대문 밖에서 누가 부르는 소리에 나가 보니
대장 도깨비였어요.
"걱정하지 마시오.
좋은 자리에 큼직하게 잘 모시고
비석도, 상석도 훌륭하게 해 놨소."

다음 날, 남편은 대장 도깨비가 가르쳐 준 곳에
찾아가 보았어요.
"아이고, 아이고!"

곡하는 소리를 듣고 동네 사람들이 몽둥이를 들고
몰려왔어요.

“어떤 놈이 동네 한가운데 무덤을 써 놓고
　우느냐!
　어서 무덤을 파가거라!”

그때, 무덤 뒤에서 갑자기 도깨비들이 뛰어나와
호통을 쳤어요.
　“네 이놈들, 너희들도 무덤 안으로 들어가고
　싶냐!”

동네 사람들은 도망가 버렸어요.

그 뒤, 가난한 부부는 하는 일마다 잘되어
부자 소리를 듣고도 남을 만큼 잘 살았답니다.

또, 깨비

이숙양

옛날에 가난한 사람이 살았는데,
날마다 날마다 품만 팔아먹고 살았어요.

푼푼이 돈 석 냥을 모아 꾸러미에 묶어 두었어요.
저녁을 먹고 있는데,
웬 사람이 방문 앞에서 말을 걸었어요.
　“샌님, 돈 석 냥만 꿔주시오.”
　“무슨 돈이 있겠나?”
　“품 판 돈 석 냥 있지 않습니까?”

껌껌한 밤이라 얼굴이 잘 보이지 않는데
돈을 꿔 달라 하니 이웃 사람이겠거니 하고,
돈 석 냥을 내줬어요.
　“다음 날 주겠습니다.”

다음 날이 되었는데 주겠다는 사람이 나타나지
않았어요.

‘누군지도 모르겠고,
 이젠 돈을 떼어 버렸구나.’

어둠이 방문 앞까지 왔을 때 웬 사람이 오더니,
 “샌님, 꾼 돈 석 냥 가지고 왔습니다.”

방 안에다 휙 던져주고 가버렸어요.

다음 날에도 저녁 즈음이 되니 웬 사람이 와서,
 “샌님, 꾼 돈 석 냥 가지고 왔습니다.”
 “아니, 어제 가지고 왔는데, 또?”

방 안에다 휙 던져주고 뒤도 안 돌아보고
가버린단 말이에요.

그 다음 날에도
 “샌님, 꾼 돈 석 냥 가지고 왔습니다.”

“아니, 어제도 그제도 가지고 왔는데, 또?”

날마다 날마다 돈 석 냥을 가져오니 방 안이 그득
했어요.

그다음 날도, 그다음 날도, 또 가져오고,
또 가져오고, 또, 또, 또……
　‘이게 도깨비로구나.’

품만 팔아먹고 살던 사람은 이제 아무런 근심 걱
정이 없었어요.
그 돈으로 논밭을 사 놓고 보니, 등 따습고
배불렀지요.

어느 날 저녁에는 이 사람이 꾼 돈 석 냥을
던져주고 가는 도깨비를 붙들고 말했어요.
  "자네가 제일 좋아하는 음식을 대접하고
   싶네."
  "나는 고기를 제일 좋아합니다."
  "그럼 내일 밤에 먹게 해 주겠네."

다음 날 저녁, 이 사람은 고기를 준비해 놓고
도깨비를 기다렸어요.

그런데 도깨비가 동무들을 여러 명 데리고
나타났어요.

"먹고 싶어요, 먹고 싶어요!"

이 사람은 도깨비에게 실컷 먹여 주었어요.

"이런 맛은 생전 처음입니다."

다음 날 저녁에도 도깨비들이 우르르
떼거리로 와서 말했어요.
　"먹고 싶어요, 또 먹고 싶어요!"
　"많이 주세요, 더 많이 주세요!"

다음, 다음 날도 도깨비들이 우르르 우르르 와서
먹고 갔어요.
도깨비들의 숫자는 날이 갈수록 늘어만 갔어요.

하룻밤에는 이 사람이 도깨비에게 물었어요.
　"자네들은 좋아하는 것이 있으면
　　싫어하는 것도 있겠지?"
　"죽은 말처럼 무서운 것이
　　또 어디있겠습니까."

다음 날 이 사람은 대문 앞에 죽은 말의 네 발을
벌려 세워 놓고 도깨비들을 기다렸어요.

그날 저녁 도깨비들은 대문 앞에 들어서면서
놀라 소리쳤어요.
　"아이고, 무서워라, 무서워!"

도깨비들은 뒤도 안 돌아보고 도망가더니
다시는 나타나지 않았어요.

품만 팔아먹고 살던 이 사람은 도깨비를
잘 떼어내고 누가 보아도 겁나게 부자가 되어서
잘 살았답니다.

도깨비를 잡아먹은 소금 장수

이숙양

옛날에 어떤 소금장수가 소금을 팔러 다녔습니다.
산길을 지나다 날이 어둑어둑 어두워져 가는데,
그림자 하나가 발맞추어서 따라왔습니다.
"저벅저벅, 저벅저벅."

소금장수가 돌아다보니,
장대만큼이나 키가 크고 얼굴은 벌겋고,
손발에 털이 덥수룩한 도깨비였습니다.

도깨비는 소금장수의 길을 막고
삐삐삐 웃었습니다.

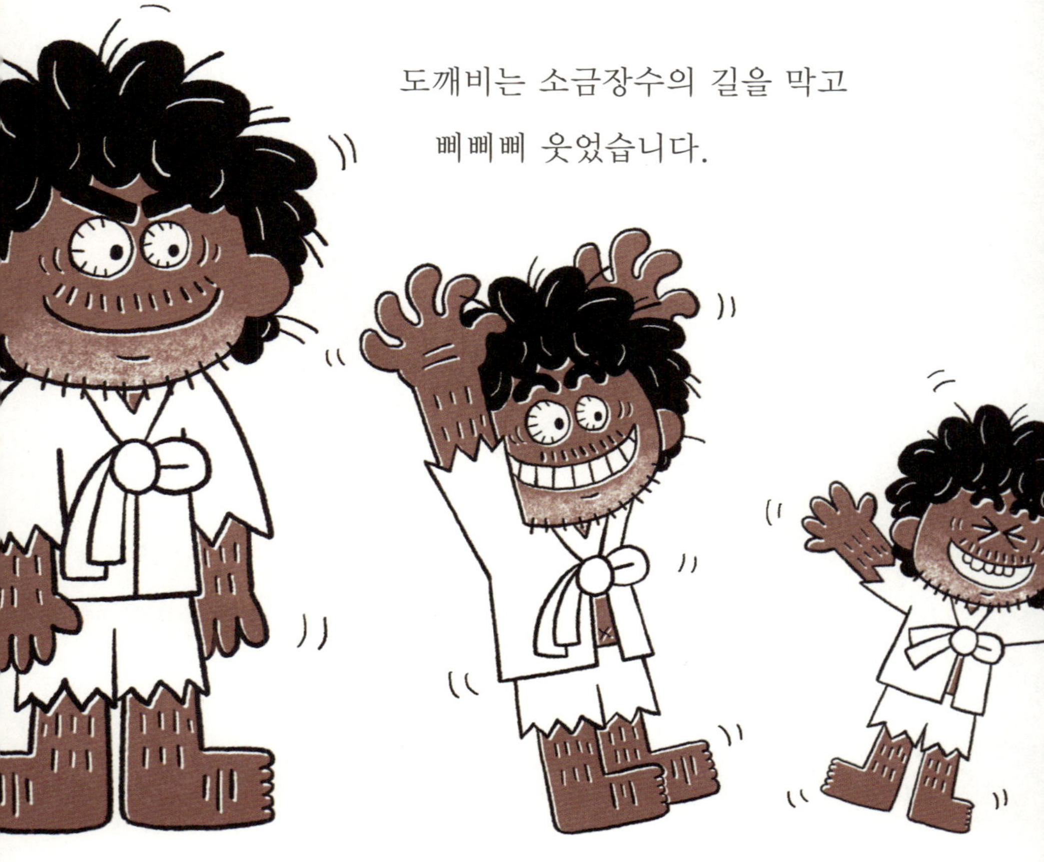

“네가 올 줄 알았다!”

소금장수가 다시 올려다보니
도깨비가 더 커졌습니다.
올려다볼수록 도깨비는 더 커지더니 집채만큼이나
커져서 소금장수에게 와락 달려들었습니다.
　“널 잡아먹겠다!”
　“잠, 잠깐, 그런데 넌 작아질 수도 있어?”

도깨비는 고개를 끄덕거렸습니다.
　“당연하지. 나는 뭐든지 할 수 있어!”

도깨비의 기다랗고 집채만 한 몸이
황소만 해졌습니다.

"좀 더 작아져 봐!"

황소만 한 도깨비의 몸이 강아지만 해졌습니다.
　"좀 더 작아져 봐!"

강아지만 한 도깨비의 몸이 주먹만 해졌습니다.
　"좀 더 작아져 봐!"

주먹만 한 도깨비의 몸이 자꾸, 자꾸 작아져서
손톱만 해졌습니다.
　"이때다!"

소금장수는 손톱만 한 도깨비를 입안에 쏘옥 넣고
는 꿀꺽해 버렸습니다.

소금장수의 엉덩이가 들썩들썩하더니,
방귀를 뿌붕 뀌었습니다.

조금 더 있으니,
똥을 뿌직 누었습니다.

그랬더니 도깨비는 똥 속에서 나오면서
삐삐삐 웃더니, 저 멀리 사라져 버렸습니다.

소금장수는 도깨비에게 홀린 것 같아서
도저히 제정신을 차릴 수 없었습니다.

소금장수는 어두운 산길을 벗어나서야
뽀얀 아침을 맞이했고요,
겨우겨우 제정신을 찾아서 다시 소금을 팔러
길을 떠날 수 있었답니다.

돈찔산 도깨비

이숙양

바닷가 끝자락에
돼지머리 모양을 한 돈찔산이 있었어요.
돈찔산 아래에는 소금밭을 일구는 사람이
살았어요.

갑자기 비가 오려고 어두워지니
가까운 돈찔산에서 도깨비들이
한바탕 북과 꽹과리를 치며 농악을 놀았어요.

소금밭을 일구는 사람이 일을 끝내고
돈찔산 아랫길로 걸어오는데, 농악 소리가 멈추고
도깨비들의 말소리가 들렸어요.

“오늘 밤, 신나게 잘 놀았지?”
“하지만, 꽹과리 가락이 아쉬워.”
“좋은 수가 있어. 그러면, 남원 땅에
　주 꽹과리를 데리고 오자.”
“그래 그래, 그럼 내일 저녁에는 더 신나게
　놀아보자.”

소금밭을 일구는 사람은 걱정이 되었어요.
　‘남원 땅에 사는 주 꽹과리가 오는 길목을
　　지켜야겠구나.’

그다음 날, 소금밭을 일구는 사람은
나루터 주막집에서 기다리고 있었어요.
해가 기울어 가기 시작하자,
괴나리봇짐을 지고 꽹과리를 손에 든 젊은 총각이
배에서 내렸어요.

젊은 총각은 다리를 동동거리고
길도 아닌 들판을 허우적거리며
걸어가고 있었어요.
　'저 총각 돈찔산으로 들어가면
끝이다.'

소금밭을 일구는 사람이 젊은 총각을 붙잡아 방에
가두었어요.
젊은 총각은 방 안에서 고래고래 소리쳤어요.
　"나는 가야 하오. 이 문 좀 열어 주시오."

젊은 총각은 문을 열어 달라고 소리치다가
물을 달라고 부탁을 했어요.
  "목이 마르니 물 한 그릇만 주시오."

소금밭을 일구는 사람은 문틈으로 물그릇을 넣어
주었어요.
물을 넣어 주었더니, 방 안이 조용해졌어요.
  '지쳐 잠을 자나 보네.'

한참 뒤에 소금밭을 일구는 사람이 방안을
귀 기울여 보았더니, 숨소리도 들리지 않았어요.
방문을 열어 보았더니, 젊은 총각이 죽어 있었어요.
물그릇에 제 코를 박고 죽고 말았어요.

그날 밤, 소금밭을 일구는 사람이 들어 보니
돈찔산에서 들려오는 농악 소리는 더 신명이
났어요.

징 징 징!
덩 덩 덩 따궁딱!
둥 둥 둥!
갱 개갱 개갱 개개갱!

"기다리고 기다리던 장단이로구나.
 징 징 징!"

"주 꽹과리의 꽹과리가 최고로구나.
 덩 덩 덩 따궁딱!"

"내캉 네캉, 둘도 없는 짝이로구나.
 둥 둥 둥!"

"하늘에는 별이 있고 땅 위에는 우리가 있구나.
 갱 개갱 개갱 개개갱!"

그 뒤로도 비가 오려는 날 밤이 되면,

돈찔산의 도깨비들은 주 꽹과리 소리에 맞춰

신명나게 농악을 울리고 놀았답니다.

꼬랭이 나와라, 뚝딱!

권현희

옛날에 어떤 사람이 멀고 먼 산으로
나무를 하러 갔어.
나무를 긁으며 개암을 주워 주머니에 넣었어.
　"부모님 드려야지!"

이 사람은 해가 질 때까지 나무를 했어.
어둑어둑해진 산길을 나무 짐을 짊어지고
내려오는데 별안간 비가 내렸어.
이 사람은 비를 피할 만한 곳을 찾았어.
아주 아주 오래된 집을 발견했어.

이 사람은 집 안으로 들어갔어.
　"오늘 밤은 저 벽장 속에서 자야겠구나!"

한밤중에 도깨비 떼가 우르르 몰려왔어.
도깨비들은 둥그렇게 둘러앉았어.
대장 도깨비가 말했어.

“자, 오늘 이렇게 다 모였으니, 잔치를 열자.”

도깨비들이 방망이를 두드리며 소리쳤어.
“술 나와라! 뚝딱!”
“고기 나와라! 뚝딱!”
“실컷 먹고 놀자!”
“쩝쩝 쩝쩝! 꿀꺽꿀꺽!”

숨어 있는 벽장으로 맛있는 냄새가 솔솔 올라왔어.

이 사람은 배가 고팠지.

주머니를 뒤져 보니 낮에 주운 개암이 있었어.

개암을 입에 넣고 '딱' 하고 깨물었어.

도깨비들이 조용해졌어.

"무슨 소리지?"

"대들보 무너진다. 도망가자!"

도깨비들이 모두 튀어 나갔어.

이 사람은 벽장에서 내려왔어.
방 안에는 온갖 음식과 도깨비 방망이가 있었어.

이 사람은 도깨비 방망이를 가지고
집으로 돌아왔어.
　"쌀 나와라, 뚝딱!"

하얀 쌀이 수북하게 나왔지.
이 사람은 도깨비 방망이로 부자가 되었어.

이웃에 사는 욕심쟁이가 이 소문을 들었어.
욕심쟁이는 멀고 먼 산으로 갔어.
또르르 떨어지는 개암을 주었지.
　"내가 먹어야겠구나!"

욕심쟁이는 나무도 하지 않고
비가 오기를 기다렸어.

아무리 기다려도 비가 오지 않았지.
욕심쟁이는 오래된 집을 찾아가서 벽장에 숨었어.

한밤중이 되니 도깨비 떼가 우르르 몰려왔어.
대장 도깨비가 말했어.
　"자, 오늘 이렇게 다 모였으니, 잔치를 열자."

욕심쟁이는 개암을 하나 꺼내 딱! 하고 깨물었어.
도깨비들이 노는 걸 멈추었지.
　"지난번에 왔던 놈이 또 왔구나!"
　"우리 방망이 가져간 놈을 혼내주자."

도깨비들이 벽장에서 욕심쟁이를 찾아냈어.
　"네놈이 우리 방망이를 훔쳐간 놈이렷다!"

욕심쟁이는 자기가 아니라고 말했지만,
소용이 없었어.

“대장님, 이놈을 찢어서 한 점씩 먹을까요?”

도깨비들은 욕심쟁이 곁으로 몰려왔어.
대장 도깨비가 큰 소리로 말했어.
　“그놈을 뒤집어라!”

도깨비들이 욕심쟁이를 들어서 풀썩 엎어 놓았어.
대장 도깨비가 욕심쟁이 궁둥이를 방망이로
두드렸어.
　“꼬랭이 나와라, 뚝딱!”

한 번 두드리니 꼬리가 한 발 나왔어.
　“꼬랭이 나와라, 뚝딱!”

또 한 번을 두드리니 꼬리가 두 발로 늘어났어.
　“꼬랭이 나와라, 뚝딱!”

네 발, 다섯 발…… 열 발.
자꾸자꾸 늘어나서
꼬리가 방 안 가득했어.

첫닭이 울자,
　"우리는 이제 가자!"

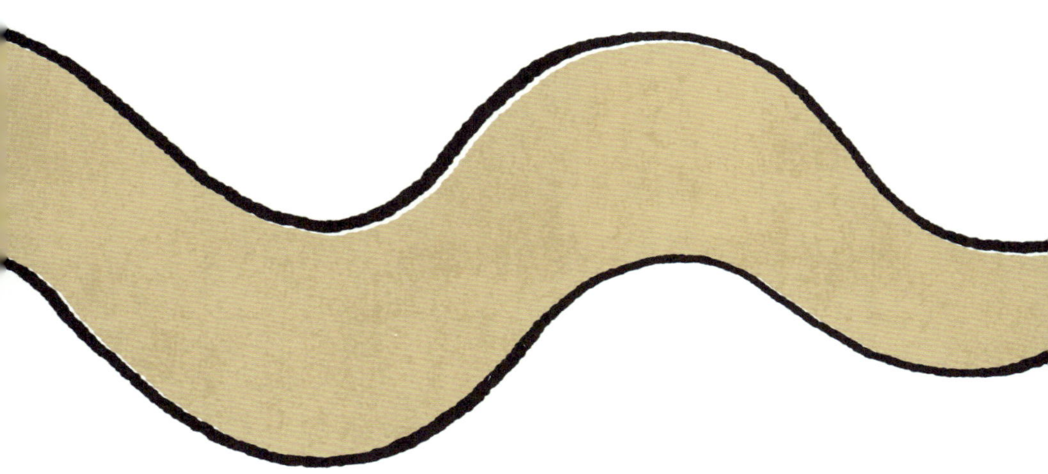

도깨비들은 방망이를 가지고 사라졌어.

방 안에는
욕심쟁이 엉덩이에서 나온 꼬리만 가득했지.
욕심쟁이는 나뭇짐 대신 꼬리를 지고 산에서
내려왔어.

욕심쟁이는 혼자서 말했어.
　"이 꼬리를 어떻게 떼어 내지?"

그러자 꼬리가 쿡쿡 쑤시고 따끔따끔 아팠어.
꼬리를 떼어 낸다는 말만 하면 아팠어.
욕심쟁이는 꼬리를 떼어 내고 싶다는 말도 못 하고
평생 꼬리를 지고 다니면서 살아야 했대.

도깨비 떼어내기

권현희

옛날에 산속 외딴집에서
아버지와 딸이 살았어.

어느 날 밤, 도깨비가 딸을 찾아왔지.
도깨비와 딸은 함께 밥도 먹고 재미있게 놀았지.
도깨비는 딸에게 밤마다
뱀, 개구리, 지렁이를 가져다주었지.
딸은 그런 도깨비가 점점 싫어졌어.

어느 날 밤, 딸이 도깨비에게 물었어.
　"너는 뭐가 무서워?"

도깨비는 몸을 부르르 떨면서 대답했어.
　"나는 말 피가 무섭다."

그러곤 딸에게 물었어.
"너는 뭐가 무서워?"

딸도 몸을 부르르 떨면서 대답했어.
"나는 돈이 제일 무서워."

다음 날 밤, 딸은 말 피를 자기 옷에 묻혀서
울타리에 걸어 놓았어.

딸을 찾아오던 도깨비가 깜짝 놀랐지.
"너를 믿었는데, 나를 속였구나!"

도깨비는 돈 꾸러미를 가지고 와서 마당에 던졌어.
"너도 혼나 봐라! 혼나 봐라!"

돈 꾸러미가 마당에 수북하게 쌓였지.
딸은 도깨비가 던져 준 돈으로 땅을 샀어.

밤마다 도깨비는 땅 네 귀퉁이에 말뚝을 박고 밧
줄을 묶었어.

밧줄을 어깨에 걸고 소리를 쳤어.
  "땅을 떼어 갈 거다. 떼어 갈 거다!"

하지만 아무리 힘이 센 도깨비라도 땅을 떼어
갈 수 없었지.

딸은 논에 벼를 심고 농사를 잘 지었어.
도깨비는 논에 벼가 자라는 것을 보고 밤에 와서
돌을 마구 던졌어.

다음 날 아침, 딸은 논에 가득 쌓인 돌을 보고
말했어.
  "개똥을 던졌으면 벼가 다 썩었을 텐데!
   돌이 오줌을 싸서 농사가 잘되겠어!"

그날 밤, 도깨비는 돌을 다 걷어 내고 개똥을
논에 던졌어.
　"개똥이나 먹어라, 개똥이나 먹어라!"

개똥이 가득 쌓인 논을 보고 딸이 말했지.
　"아이고, 농사를 다 망쳤구나, 망쳤어!"

그 말을 들은 도깨비는 다시는 오지 않았대.

딸은 개똥 거름으로 농사도 잘 짓고
오래 오래 잘 살았대.

권현희

도깨비 저수지

권현희

옛날에 물 때문에 고생하는 동네가 있었어.

동네 사람들은 저수지를 만들려고 했어.

하지만 둑을 쌓으면 무너지고 쌓으면 또 무너져서

저수지를 만들 수가 없었어.

그 동네에 한 노인이 살았어.

이 노인이 길을 가고 있는데,

단단하고 알 수 없는 것이 발에 걸렸어.

나무 같기도 하고 돌 같기도 하고,

둥근 것 같기도 하고 모가 난 것 같기도 했어.

검은빛이 나기도 하고 붉은빛이 나기도 하고,

그림인지 글자인지 알 수 없는 게 새겨져 있었어.

"처음 보는 물건이로구나!"

노인은 신기해서 집으로 가져왔어.

한밤중에 문밖에서 누가 불렀어.
"샌님, 샌님!"

노인이 방문을 열고 보니
깜깜한 마당에 커다란 도깨비들이 줄줄이
서 있었어.
　"샌님, 오는 길에 어떤 물건을 하나 주웠지요?
　그건 저희 도장입니다. 돌려주시면 원하는
　것을 해 드리지요."

노인은 곰곰이 생각했어.
　"너희 도깨비들은 재주가 좋다지?"
　"그럼요. 재주가 좋고말고요."
　"동네 앞에 저수지를 만들어 다오."

도깨비들이 우르르 몰려갔어.
저 멀리 들판에서 불이 번쩍번쩍했어,
그러더니 눈 깜짝할 새,
도깨비들이 또 우르르 마당으로 몰려왔어.

“샌님, 저수지 다 만들었으니 도장 돌려주시오.”
“내 눈으로 저수지를 보고 내주마!”

노인이 들판으로 나가 보니,
저수지가 있었어.
저수지 둑은 돌을 슬슬 긁어모아서,
아이들 장난하듯이 대충대충 쌓은 것 같았어.
“이렇게 대충 만들어서 안 무너지나?”
“저희가 만든 것은 절대로 안 무너집니다.”

노인은 도깨비들에게 도장을 내주었어.

며칠 후에 비가 왔어.
노인이 저수지에 가 보니 물이 가득 찼어.

동네 사람들은 이 저수지 물로 농사를 잘 지었어.

도깨비들이 눈 깜짝할 새에 쌓은 그 저수지는
물이 마르지도 않았고,
무너지지도 않았대.

도깨비와
복 많은 아이

권현희

옛날에 어느 마을에 한 아이가 살았어.
이 아이는 이집 저집에서 얻어먹으며 사는
아이였어.

어느 날 지나가던 선비가 아이를 보고 말했어.
 "참 귀하게 될 얼굴이구나!
  삼두팔족을 찾아가거라!"

아이가 고개를 들어보니 선비는 벌써 사라졌어.

아이는 삼두팔족을 찾아 나섰어.
 "삼두팔족을 아세요?"
 "그게 무슨 말인가?
 "삼두팔족을 아세요?"
 "처음 듣는 말일세!"

방방곡곡을 다니며 물어봐도
삼두팔족을 아는 사람이 없었어.

어느 날,
아이는 삼두팔족을 찾아 깊은 산속까지 들어갔어.
검은 소 한 마리가 앞에서 뚜벅뚜벅 걸어왔어.
검은 소 등에 머리가 하얀 할머니와 여자아이가
앉아 있었어.

검은 소 등에서 작은 보따리가 툭 떨어졌어.
아이가 보따리를 주워서 할머니에게 주었어.

보따리는 자꾸만 떨어졌고,
아이는 그때마다 보따리를 주어 할머니에게
주었어.

　"산속에서 보따리만 줍다가 삼두팔족은 언제
　찾나!"

아이가 작은 소리로 중얼거리자,
검은 소 등에 탄 머리가 하얀 할머니가 말했어.
　"삼두팔족을 어디 가서 찾아!
　여기가 바로 삼두팔족인데!"
　"삼두팔족이요?"

아이는 놀라서 눈을 크게 뜨고 주위를 둘러보았어.
검은 소도 할머니도 여자아이도
감쪽같이 사라졌지.

“옳거니, 머리가 셋이고 발이 여덟 개이니
　삼두팔족이구나!”

할머니와 검은 소가 사라진 그 자리에는
큰 고목나무가 한 그루가 있었어.
나무 둘레를 샅샅이 둘러보았지만
아무것도 없었지.
　“오늘 밤은 여기서 자야겠구나!”

벌써 해가 뉘엿뉘엿 넘어가고 있었거든.
고목나무는 속이 비어 있었어.
아이는 텅 빈 나무 속으로 들어갔어.

한밤중에,
고목나무 밖에서 와글와글 떠드는 소리가 들렸어.
아이가 내다보니
머리털이 삐죽삐죽한 도깨비들이었어.

도깨비들은 와자지껄 앞다투어 말했어.

"사람들은 모르는 게 많아. 참 어리석어!"

"저 산 아래 부잣집에서는 딸이 아프다고
굿을 하더라."

"지붕에 사는 지네를 잡으면 병이 나을 텐데!"

"지네를 펄펄 끓는 들기름 가마솥에 던져야지!"

아이는 나무 구멍 속에서 도깨비들이 하는 말을
다 들었지.

다음 날 아이는 산 아래 부잣집을 찾아갔어.

"제가 따님 병을 낫게 하겠습니다."

아이가 지붕에 올라가서 기왓장을 뜯어 보니
도깨비 말대로 큰 지네가 꿈틀대고 있었지.
아이는 지네를 잡아
펄펄 끓고 있는 들기름 가마솥에 던졌어.

그러자 딸의 병은 금방 씻은 듯이 나았어.
부잣집에서는 아이를 사위로 삼았지.

아이는 오래오래 잘 먹고 잘 살았대.

호드기 소리를 좋아하는 도깨비

권현희

옛날에 호드기를 잘 부는 사람이 있었어.
마을 사람들은 그 사람을 이름 대신
호드기라고 불렀어.

이 사람이 버드나무 가지를 꺾어 만든
호드기를 불면, 일하던 사람들은 일을 멈추고,
비비배배 노래하던 종달새는
가만히 앉아서 들었어.
나물 캐러 들에 나왔던 아가씨도
호드기 소리에 반해서
따라왔지.

호드기를 잘 불어
이쁜 색시도 얻었어.

　니나니 니나니 니나니나,
　필닐리 필닐리 필닐리리,

이 사람은 사시사철 호드기를 불었어.
봄이면 버들가지 꺾어서 불고,
여름이면 보릿대로 불고,
겨울에는 마른 볏짚으로 불었어.
무엇이든 한 가닥만 있으면
호드기를 불었지.

어느 날 한밤중에 누가 찾아왔어.
　"호득, 호득!"
　"누구시오?"

깜깜한 마당에
아주 아주 커다란 사람이 서 있어.
눈이 화등잔처럼 번뜩거리고
패랭이를 썼어.
　'도깨비로구나!'
　"호드기를 불어 주시오."

이 사람은 얼떨결에 마당으로 나갔어.
　"내 허리끈을 꼭 잡고,
　　내 발뒤꿈치를 따라오시오."

이 사람은 도깨비 뒤에 바싹 붙어서
허리끈을 움켜잡았어.

도깨비는 날아가듯 성큼성큼 뛰어갔어.
이 사람도 도깨비 허리끈을 잡고
날아가듯 성큼성큼 따라갔어.

얼마쯤 가더니 앞서가던 발뒤꿈치가 멈추어 섰어.
이 사람은 고개를 들고 주위를 둘러보았어.
강가 모래벌판에서
도깨비들이 잔치를 벌이고 있었어.
　"모셔 왔습니다."

패랭이를 쓴 도깨비가 대장 도깨비 앞으로
이 사람을 데려갔어.
　"재주가 놀랍다는 소문을 듣고 모셔 왔소.
　우리를 위해 호드기를 불어 주시오."

대장 도깨비가 점잖게 부탁했어.

이 사람은 도깨비 잔치판에서 신나게 호드기를
불었어.

니나니 니나니 니나나,
필닐리 필닐리 필닐리리.

멀리서 첫닭이 울었어.
"꼬끼오! 꼬끼오!"

흥겹게 놀던 도깨비들이 갑자기 노래를 멈췄어.
대장 도깨비가 이 사람에게 말했어.
"호드기 소리를 잘 들었소,
무엇으로 갚을까요?"

"여기 이 잔치 음식이나 주시오."

패랭이를 쓴 도깨비가 음식 보따리를 들고
앞에 섰어.
　"내 허리끈을 꼭 잡고,
　내 발뒤꿈치를 따라오시오."

이 사람은 도깨비 뒤에 바싹 붙어서 허리끈을
움켜잡았어.

도깨비는 날아가듯 성큼성큼 뛰어갔어.

이 사람도 도깨비 허리끈을 잡고
날아가듯 성큼성큼 따라갔어.

얼마쯤 가더니 앞서가던 발뒤꿈치가 멈추어 섰어.
이 사람이 고개를 들고 주위를 둘러보니
자기 집 마당이었어.
그사이 도깨비는 온데간데없이 사라져 버렸어.

다음 날 아침에 이 사람은,
'어젯밤에 꿈을 꾸었나?' 했어.
그런데 머리맡에 음식 보따리가 있었어.
떡과 고기와 잔치 음식이 한 보따리 있었지.

이 사람은 도깨비 음식을 먹고,
호드기를 더 신나게 불면서
도깨비처럼 오래오래 잘 살았대.

빗자루 도깨비

권현희

옛날 옛날 아주 오랜 옛날에

깊고 깊은 산골짜기에 한 영감님이 살았어.

어느 날 이 영감님이 한 고개 넘고,

두 고개 넘어 약초를 팔러 장에 갔어.

짊어지고 간 약초를 다 팔고

밤길을 걸어 집으로 돌아오고 있었지.

달빛도 없는 깜깜한 밤이었어.

산모퉁이를 돌아서는데

누가 덤불에서 불쑥 튀어나왔어.

키는 장대 같고 덩치는 황소만 했어.

머리에는 삿갓을 썼는데 누린내가 확 끼쳤어.

영감님은 눈을 비비고 다시 보았어.

길을 막고 서 있는 사람이 쑥쑥 더 커졌어.

아래로 보면 작아 보이고 위로 보면 더 커 보였어.

　'이놈이 도깨비로구나.'

황소만 한 도깨비가 영감님에게 말했어.

"씨름 한 판 해!

이기면 보내 줄게!"

영감님은 어쩔 수 없이 도깨비와 씨름을 했어.

영감님은 있는 힘을 다해 도깨비를 넘어뜨리려고

했지만, 도깨비는 꿈쩍도 안 했지.

한참을 버티고 있던

도깨비가 영감님을 넘어뜨렸어.

도깨비는 신이 나서 팔짝팔짝 뛰고 이상한 소리를

내며 웃었어.

"삐삐삐, 삐삐삐……."

"씨름 한 판 더 해! 이기면 보내 줄게!"

영감님은 도깨비와 또다시 씨름을 했고,

또다시 넘어갔지.

도깨비는 더 신이 나서 팔짝팔짝 뛰고
이상한 소리를 내며 웃었어.
　"삐삐삐, 삐삐삐."

황소만 한 도깨비가 뛰어다니는데
가만 보니 다리가 하나야.
　"옳다구나! 다리를 걸어 넘겨야지!"

영감님은 도깨비 다리를 걸어 오른쪽으로 넘겼어.
커다란 도깨비가 퍽! 넘어갔어.

"어이쿠나! 도깨비가 다시 발딱 일어났네!"

이번에는 도깨비 다리를 걸어 왼쪽으로 넘겼어.
커다란 도깨비가 퍽! 넘어가서
다시는 일어나지 않았지.

영감님은 나동그라진 도깨비를 칡넝쿨로 칭칭
감아서, 소나무에 꽁꽁 묶어 두고 집으로 왔어.

다음 날 아침에
영감님은 도깨비를 묶어 놓은 소나무로 가 봤지.
소나무에는 낡은 빗자루가 꽁꽁 묶여 있었어.
영감님은 빗자루를 가져다 불에 태워 버렸대.

김미숙

도깨비와 징검돌

김미숙

옛날 어느 산골에 가난한 짚신 장수가 살았어.

어느 날,
산 넘고 개울 건너 짚신을 팔러 장에 갔는데
하루 종일 한 켤레도 못 팔았어.

날이 저물어
지고 갔던 짚신 고대로 짊어지고
개울 건너 산 넘어 집으로 돌아오는데
갑자기 비가 주룩주룩 내렸어.

길옆 커다란 나무 밑으로 뛰어갔더니
　　　나무에 큼직한 구멍이 있어.

　　　구멍 안에 들어가
　　　비가 그치기를 기다리다가
　　　까무룩 잠이 들었어.

한밤중이나 되었을까?
왁자지껄하는 소리에 잠이 깼어.

살며시 내다보니
키는 구 척이나 되고
온몸에 털이 북슬북슬한
도깨비들이 우글우글해.

'어이쿠나!'

짚신 장수는 몸을 움츠리고
옴짝달싹하지 않았지.

도깨비들이 우렁우렁 말하는 소리가 들렸어.

"저기 산 아래 개울에 징검다리가 있잖아.
 그중 세 번째 징검돌이 금이야."
"맞아. 그런데 사람들이 그냥 지나쳐
 가더라고."
"그러게. 사람들은 참 어리석어."

"꼬끼오!"

멀리서 새벽닭 우는 소리가 들리자
도깨비들은 온데간데없이 사라져 버렸어.

짚신 장수는 산 아래 개울로 날듯이 내려가
징검다리를 건넜어.

하나,
둘,
셋!

세 번째 징검돌을 내려다보니
번쩍번쩍 눈이 부셔.
개울물도 해를 품은 듯
온통 누렇게 물들었어.
“우와, 금이다, 금!”

짚신 장수는 금을 팔아서 잘 먹고 잘 살았대.

밤길 돕는 도깨비불

김미숙

옛날 옛날 어느 바닷가 마을에
떠꺼머리총각이 살았어.

총각은 십 리나 되는 갯벌을 건너
건넛마을 처녀를 만나러 다녔어.

어느 날 밤,
총각이 처녀를 보고 돌아오는 길이었어.
달도 별도 뜨지 않아서
두 눈을 뜨고도 앞을 볼 수 없었지.

총각이 더듬더듬 갯벌에 발을 내딛다가
그만 펄 속으로 발이 쑥 빠져 버렸어.

이쪽 발을 빼면 저쪽 발이 빠지고
저쪽 발을 빼면 이쪽 발이 빠졌어.

그때 대여섯 걸음 앞쪽에
파란 불이 하나 깜박깜박해.

깜박깜박 가까워졌다가
깜박깜박 멀어지고
깜박깜박 멀어졌다가
깜박깜박 가까워져.

"그래, 한번 따라가 보자."

총각이 파란 불을 따라 걷다 보니
갯벌을 다 건너왔어.
　"네가 네가 앞장서고
　내가 내가 뒤따라서
　잘도 잘도 건넜구나."

총각은 콧노래를 흥얼거리면서
바위틈에 고인 물로 발을 씻고 있었어.
파란 불이 슬그머니 다가와서 비추어 주었지.
파란 불빛 속에 키가 장대 같은 도깨비가 보였어.

도깨비가 '후우' 하고 숨을 내쉬니
파란 불이 일어나고
도깨비가 '흐흠' 하고 숨을 들이쉬니
파란 불이 잦아들어.

파란 도깨비불이 널름대니
부리부리한 도깨비 눈이 파랗게 어른어른
벌룽대는 도깨비 코가 파랗게 어른어른
헤벌쭉한 도깨비 입이 파랗게 어른어른

총각은 숨을 죽이고 바라보다가 그만
재채기를 했어.
　"에취!"

총각이 고개를 들어 보니
파란 도깨비불도
장대 같은 도깨비도
어디론가 사라지고
없었대.

포수가 주운
도깨비 책

김미숙

옛날 옛날 깊고 깊은 산골에 포수가 살았어요.
하루는 사냥을 갔는데
짐승을 한 마리도 못 잡았어요.

날이 저물어 어두운 산길을 터덜터덜 걸어오는데
발에 무언가가 걸렸어요.
　"어이쿠, 이게 뭐지?"

포수는 몽땅한 무언가를 들고 서둘러 집으로
돌아왔어요.
몽땅한 불탄 빗자루에 칼이 꽂혀 있었어요.
칼을 뽑으려다 보니 낡은 책이 나왔어요.
　"무슨 책이지?"

포수는 방에 앉자마자 첫 장을 넘겼어요.

　첫째 장을 넘기니, "예예, 왔습니다."
　둘째 장을 넘기니, "예예, 왔습니다."
　셋째 장을 넘기니, "예예, 왔습니다."

넘길 때마다,
　"예예, 왔습니다."
　"예예, 왔습니다."
　"예예, 왔습니다."

마지막 장을 넘기니,
밖에서 부르는 소리가 났어요.

　"대왕님, 저희를 부르셨습니까?"

포수가 방문을 열고 나가 보니
마당 한가득 도깨비가 우글우글했어요.

한 도깨비가 다가와 말했어요.
　"대왕님, 왕관을 쓰십시오."

도깨비가 포수에게 왕관을
씌우고는 물었어요.
　"대왕님, 어디 구경을 갈까요?"
　"서울 구경을 가 보자."

도깨비들은 포수를 떠메고
공중으로 휭 날아올랐어요.

"가세 가세 서울 가세
　대왕님 모시고 서울 가세."

눈 깜짝할 사이에 서울에 도착했어요.
아홉 담장으로 겹겹이 둘러싼 궁궐도 보았고요,
궁궐 앞거리에 은하수처럼 흐르는 불빛도
보았어요.
포수는 서울 구경을 다 하고 집으로 돌아왔어요.

다음 날 포수는 낡은 책을
또 한 장, 한 장 넘겼어요.

첫째 장을 넘기니, "예예, 왔습니다."
둘째 장을 넘기니, "예예, 왔습니다."
셋째 장을 넘기니, "예예, 왔습니다."

넘길 때마다,
　"예예, 왔습니다."
　"예예, 왔습니다."
　"예예, 왔습니다."

마지막 장을 넘기니,
한 도깨비가 왕관을 씌우고 물었어요.
　"대왕님, 오늘은 어디 구경을 갈까요?"
　"평양 구경을 가 보자."

도깨비들은 포수를 떠메고
공중으로 횡 날아올랐어요.

"가세 가세 평양 가세
　대왕님 모시고 평양 가세."

눈 깜짝할 사이에 평양에 도착했어요.
유유히 흐르는 대동강도 보았고요,
대동강 위에 떠 있는 듯한 정자도 보았어요.

포수는 평양 구경을 다 하고 집으로 돌아왔어요.

다음 날 포수는 낡은 책을
또 한 장, 한 장 넘겼어요.

첫째 장을 넘기니, "예예, 왔습니다."
둘째 장을 넘기니, "예예, 왔습니다."
셋째 장을 넘기니, "예예, 왔습니다."

넘길 때마다,
　"예예, 왔습니다."
　"예예, 왔습니다."
　"예예, 왔습니다."

마지막 장을 넘기니,
한 도깨비가 왕관을 씌우고 물었어요.
　"대왕님, 오늘은 어디 구경을 갈까요?"
　"바다 구경을 가 보자."

도깨비들은 포수를 떠메고
공중으로 휭 날아올랐어요.

"가세 가세 바다 가세
대왕님 모시고 바다 가세."

눈 깜짝할 사이에 바다에 도착했어요.
드넓은 바다 위에 둥실 떠 있는 보름달도 보았고요,
바닷가로 몰려오는 집채만 한 파도도 보았어요.

포수는 바다 구경을 다 하고 집으로 돌아왔어요.

그 뒤로도 포수는 세상 구경을 가고 싶어지면
낡은 책을 한 장, 한 장 넘겨 세상 구경을 갔답니다.

도깨비와 목화

장선주

옛날 산 아래 외딴집에 할머니, 할아버지가
살고 있었어.
어느 날 할머니는 이른 저녁을 해 먹고
아랫마을로 목화를 타러 갔어.
목화 보따리를 머리에 이고 한참을 걸어서
목화를 타러갔지.

할머니는 마을 사람들과 모여서 목화를 탔어.
두런두런 세상 떠도는 이야기도 나누고,
힘이 들면 노래도 하면서 목화를 탔지.

“타세 타세, 목화 타세.
 목화 타서 무엇 하나
 폭신폭신 옷 만들지.”

타 놓은 목화는 점점 쌓여 가고
어느새 밖이 어두워졌어.

할머니는 서둘러서 목화 보따리를 꾸렸어.
머리에 이고 왔던 보따리는
할머니보다 커져버렸지.
할머니는 커다란 목화 보따리를 짊어지고
길을 나섰어.

할머니는 앞도 안 보이는 캄캄한 길을 걸었어.
걷다보니 저 멀리 불빛 하나가 가물가물 보이는
거야.
　"조금만 더 가면 우리 집이구나!"

갑자기 앞에서 장대같이 크고 시커먼 사람이 걸어
왔어.
　"보따리 내가 들어 주겠소."

그 사람은 할머니 목화보따리를 들고 성큼성큼
앞서 걸었어.

할머니는 종종걸음으로 그 사람을 따라갔지.
　"아이고, 더는 못 가겠다!"
　"보따리 여기 있소."

그 사람은 보따리를 건네주고 어디론가 사라졌어.

할머니는 주위를 둘러보았지.
　"집에 다 왔나?"

할머니 집 불빛은 아직도 저 멀리서 가물거리고
있었어.
숨을 헐떡이며 따라갔는데도 도로 그 자리인 거야.
　'저 놈이 도깨비로구나!'

장대같이 크고 시커먼 사람이 다시 앞에서
걸어왔어.
　"보따리 내가 들어 주겠소."

그 사람은 보따리를 들고 휙휙 앞서고
할머니는 정신없이 따라갔지.
　"아이고, 더는 못가겠다."
　"보따리 여기 있소."
　"이제 집에 다 왔겠구나!"

할머니 집 불빛은 여전히
저 멀리서 가물거리고 있었어.

장대 같고 시커먼 사람은
자꾸자꾸 나타나서 보따리를 들어주었고
할머니는 보따리를 놓칠 새라
자꾸자꾸 그 사람을 따라갔어.

집에 다 왔나 하고 보면 도로 그 자리인 거야.
"아이고, 할멈! 거기서 왜 그러고 있소?"

할아버지가 부르는 소리에 정신을 차리고 보니
날은 이미 훤하게 밝았어.
목화 보따리는 어디론가 달아나 버리고
할머니 혼자 집 앞 덤불밭에 들어가 있지 뭐야.
덤불밭 너머 사방에는
온통 목화가 하얗게 널려 있었어.

은혜 갚은 도깨비

장선주

옛날 어느 마을에 대가미 못이 있었어요.
사람들은 이 마을을 대가미 마을이라고 불렀지요.

대가미 마을에는 밤이고 낮이고 글만 읽는 선비가
살았어요.
선비는 원님에게 쌀을 한 말, 두 말 빌려서 근근이
살아갔지요.
그렇게 빌린 쌀이 이자에 이자까지 붙어
금방 백가마니가 되고 말았어요.
집에 있는 쌀을 박박 긁어 봐야한 자루도 안 되는데
원님은 내일까지 몽땅 갚으라고 호령을 하네요.

선비는 죽을 작정을 하고
대가미 못가를 휘적휘적 걸었어요.
걷다 보니 저기 못 안에 유별나게 새까맣고 넓죽한
돌이 눈에 들어왔어요.

아무 생각 없이 훌쩍 뛰어넘어가 보니
몽땅하게 닳아버린 빗자루 위에
개똥이 소복하게 쌓여 있었어요.
 "닳긴 했어도 자루가 멀쩡한데

어떤 녀석이 이런 짓을 했을까!"
선비는 개똥을 털고
빗자루를 물에 설렁설렁 씻었어요.
물을 탈탈 털어 놓고 보니
어느새 날이 어둑어둑해졌어요.
 '오늘은 너무 늦었으니 내일 죽자.'

그날 밤, 잠을 자려고 누웠는데 밖에서 우렁우렁
큰소리가 들렸어요.

내다보니, 구 척이나 되는 시커먼 사람이 떡하니
서 있었어요.

"누구요?"

"나는 미아리도깨비라고 하오."

"우리 집엔 무슨 일이오?"

"대가미 못에서 잠시 쉬고 있는데,
　개가 내 등에 똥을 누고 가 버렸지 뭐요."

"저런!"

"나는 당신 덕에 살았소. 당신은 대가미 못에
　무슨 일로 왔소?"

선비는 여차저차해서 죽으러 갔다고 이야기했어요.

"내일 남아 있는 쌀을 가지고 관아로 오시오."

날이 밝자, 선비는 쌀자루를 들고 관아로 갔어요.
이 고을 관아에는 한 번에 한 가마니를 담을 수
있는 커다란 됫박이 있었어요.

선비가 자루를 살짝 기울이자마자 그 큰 됫박이
순식간에 꽉 차 버렸어요.
깜짝 놀란 선비가 됫박 안을 들여다보니 시커먼
도깨비가 됫박 안에 넓죽이 엎드려 있었어요.

쪼르륵 부으니 쌀 한 가마니가 되고
쪼르륵 부으니 쌀 두 가마니가 되고
쪼르륵 쪼르륵 쪼르륵 쪼르륵
순식간에 쌀 한 자루가 백 가마니가 되었어요.

빚을 다 갚은 선비는 밤낮으로 글만 읽으면서
지금까지 잘 살고 있답니다.

도깨비를 만난 할아버지

남미훈

옛날에 어느 마을에 무서움을 모르는 할아버지가
살았어.
하루는 술에 취해 깜깜한 밤길을 걸어가고 있었지.

마을이 보이는 언덕배기를 내려오는데
할아버지는 무언가에 걸려 앞으로 고꾸라졌어.
　"아이쿠!"

할아버지가 다시 일어나서 몇 발짝 걸었는데
더 큰 무언가가 할아버지 발을 걸어서
또 앞으로 고꾸라졌어.
　"아이쿠, 아이쿠!"

다시 일어나서 또 몇 발짝을 걸으니
더 더 큰 무언가가 할아버지 발을 걸어서
자꾸 앞으로 고꾸라지는 거야.

"아이쿠, 아이쿠! 도대체 너는 누구냐?"

할아버지가 발에 걸린 것을 잡아 보니
무지무지하게 큰 발이었어.
털은 북슬북슬하고
누린내가 진동하고,
울퉁불퉁 튀어나온 발은
어디가 시작인지 어디가 끝인지 알 수가 없었어.

할아버지는 칡덩굴을 끊어 가지고,
"요놈! 어디 봐라!"

그놈의 주먹코를 꿰고,

시꺼먼 몸뚱이를 칭칭 묶어

바로 옆 소나무에 꽉꽉 매어 놓았지.

할아버지가 집에 와서 자고 일어나

언덕배기에 가 보니

소나무에 낡은 도리깨 하나가 묶여 있었지.

도움을 받은 채록 이야기

이숙양

도깨비 복 타고났다고?

《도시전승설화자료집성》｜신동흔｜민속원｜7–170

도깨비 터에서 살아 보라고

《도시전승설화자료집성》｜신동흔｜민속원｜7–174

도깨비랑 친해지면

《한국구전설화》｜임석재｜평민사｜8–27

또, 깨비

《한국구비문학대계》｜한국학중앙연구원｜2–9–153

도깨비를 잡아먹은 소금 장수

《한국구전설화》｜임석재｜평민사｜1–237

돈찔산 도깨비

《한국구비문학대계》｜한국학중앙연구원｜6–12–557

권현희

꼬랭이 나와라, 뚝딱!

《도시전승설화자료집성》| 신동흔 | 민속원 | 6-228

도깨비 떼어내기

《한국구비문학대계》| 한국학중앙연구원 | 8-5-170

도깨비 저수지

《한국의 민담 2》| 최운식 | 시인사 | 126

도깨비와 복 많은 아이

《한국구비문학대계》| 한국학중앙연구원 | 8-5-640

호드기 소리를 좋아하는 도깨비

《도시전승설화자료집성》| 신동흔 | 민속원 | 6-223

빗자루 도깨비

《한국구비문학대계》| 한국학중앙연구원 | 6-12-557

《한국구비문학대계》| 한국학중앙연구원 | 6-11-372

김미숙

도깨비와 징검돌

　　　《한국구전설화집》| 민속원 | 6-346

밤길 돕는 도깨비불

　　　《한국구비문학대계》| 한국학중앙연구원 | 6-7-384

포수가 주운 도깨비 책

　　　《한국구전설화》| 임석재 | 평민사 | 2-233

장선주

도깨비와 목화

　　　《호남구전설화 》| 박이정 | 4-232

은혜 갚은 도깨비

　　　《한국구전설화집》| 민속원 | 2-287

남미훈

도깨비를 만난 할아버지

　　　《한국구비문학대계》| 한국학중앙연구원 | 6-10-648